KB240210

비가 멈추지 않는 밤

비가 멈추지 않는 밤

발행일	2026년 1월 20일
지은이	김주호
펴낸이	손형국
펴낸곳	(주)북랩
출판등록	2004. 12. 1(제2012-000051호)
주소	서울특별시 금천구 가산디지털 1로 168, 우림라이온스밸리 B동 B111호, B113~115호
홈페이지	www.book.co.kr
전화번호	(02)2026-5777
팩스	(02)3159-9637
ISBN	979-11-7598-068-6 03810 (종이책) 979-11-7598-069-3 05810 (전자책)

작가 연락처 문의 ▸ ask.book.co.kr

전용 게시판에 문의를 남기시면 저자에게 직접 전달됩니다.

(주)북랩 성공출판의 파트너

북랩 홈페이지와 SNS에서 다양한 출판 솔루션을 만나 보세요!

홈페이지 book.co.kr • **블로그** blog.naver.com/essaybook • **출판문의** text@book.co.kr
카톡채널 북랩

김주호 시집

비가 멈추지
않는 밤

사랑과 상실 사이
젖은 문장으로 건너는 시간

차례

비가 멈추지 않는 밤   9
다정한 사랑   10
여름밤   12
폭염   13
빈자리   14
문장   16
그대 1   18
어른   19
빗줄기   20
굴래   21
주제 1   22
주제 2   23
주제 3   24
주제 4   25
늘 같은 노래   26
그녀   28
안녕   30
마라톤 1   32
마라톤 2   34

속도   35
널 바라만 본다는 건   36
간극   38
너라는 하늘과 나라는 꽃   41
무질서   42
그날   44
책갈피   46
여름   47
바다   48
파도   52
아   54
그리움   56
행복의 저주   57
각자의 우주   58
밑 빠진 독   59
그늘의 숨   60
남아 있는 사람의 이별   62
나비   63
실수로 태어난 의자에게   64

별의 잔재	66	두 글자	104
가장 빛나는 너에게	68	낭만이라는 이름	105
거짓말	69	낭만 청춘	106
사랑의 자전거	70	민들레 씨	107
학교 폭력	72	세계주의	108
너 없는 새벽	74	낭만	109
외톨이 소녀	75	숨은 환각	110
굴레 1	77	열대야	111
실	78	밤	112
체념	80	7월의 마지막	113
굴레 2	81	이런 감정은 뭐지	114
행복에게	84	새벽	115
인생	86	거울	116
외쳐	88	능소화	117
외로운 외침	89	사별	119
기쁨의 젖은 광기의 외침	90	논어	120
거울	92	낡은 하늘 1	122
굴레의 이름들	94	낡은 하늘 2	124
굴레의 온기	96	말을 한 날	126
해바라기	98	낡아 버린	127
창천	99	평화의 꽃	128
우리	100	충정	130
칠흑 1	101	동녘 넋	131
칠흑 2	102	아침이 밝아 오는 이유	132
칠흑 3	103	인생길	133

후회　　　　　　　　　136　　공허 2　　　　　　　169
괜찮아　　　　　　　　137　　공허 3　　　　　　　170
고통 속에 핀 열매　　　138　　다시 피어날 당신에게　172
이별　　　　　　　　　139　　서툰 마음　　　　　　174
모래성　　　　　　　　140　　텅 빈　　　　　　　　175
모순　　　　　　　　　142　　사랑　　　　　　　　176
8월　　　　　　　　　144　　출근길　　　　　　　177
폭풍 속 너에게　　　　146　　두고 온 여름　　　　178
환상　　　　　　　　　147　　인생이라는 책　　　　180
반복　　　　　　　　　148　　첫 만남　　　　　　　182
나잇값　　　　　　　　150　　장대비　　　　　　　184
웃음　　　　　　　　　151　　괜찮아　　　　　　　186
찰나 1　　　　　　　　152　　희망은　　　　　　　187
찰나 2　　　　　　　　154　　빛 1　　　　　　　　188
도피　　　　　　　　　155　　희망　　　　　　　　190
별에게　　　　　　　　156　　희망에 대하여　　　　191
그대 2　　　　　　　　157　　상처의 꽃　　　　　　192
죽음 연습　　　　　　　158　　상처　　　　　　　　193
먼지의 관찰　　　　　　159　　빛 2　　　　　　　　194
고해　　　　　　　　　160　　산들바람　　　　　　195
고독　　　　　　　　　162　　인연　　　　　　　　196
너의 것　　　　　　　　164　　연인　　　　　　　　197
그대 3　　　　　　　　165　　물결 위의 이름　　　　198
해상도　　　　　　　　166　　과거　　　　　　　　200
공허 1　　　　　　　　167　　작품　　　　　　　　202

비가 멈추지 않는 밤

하늘이 쉬지 않고 울고

빗줄기가 낮과 밤의 경계를 허무는 그날

그 속에서 젖은 흙냄새, 낙엽의 숨결, 오래된 그리움이 밀려온다

우산 없이 맞은 비처럼, 마음은 이미 축축하고

창밖 풍경이 흐릿하게 비치듯

회색의 기억들 사이로 따뜻한 차 한잔과 조용한 라디오 소리가

이불 같은 위로가 되어 스며든다

그 빗속에서,

지워지지 않던 감정들이 흘러가고,

말하지 못했던 말들도 흙탕물에 담겨 떠나간다

오늘은 괜찮지 않아도

그저 그렇게 비와 함께

젖은 마음을 안고

장마 속을 바라본다

다정한 사랑

말에 온기가 담겨 있던 너였다
한없이 다정했고, 따뜻했다

사랑을 머금은 날들이
다정해서 아팠다

언젠가 놓아 줘야 함을 알기에
사랑할 때조차도 아팠다

사람이,
사랑이,
이토록 아플 줄 몰랐다

다정했지만, 아팠던 우리의 사랑은
그래도 함께일 때 가장 빛났는데
우리가 서로의 곁에 없다면 어쩌지

다정한 사랑이
우습게도
나를 이렇게나 아프게 한다

여름밤

장렬히 낮을 불태웠던 태양이 선사한 여름밤은,
이 뜨거운 햇살을 견딘 자에게 돌아오는 선물일지도 모르겠다

누군가에겐 잊고 있던 추억이,
또 다른 누군가에게는 잊고 있던 누군가의 미소가 밤공기에 스
며들어 되살아난다

나의 한때는 이 계절 이 시간 속에서만 반복되기에,
결국 사랑은 그 한때를 추억함으로 완성되는 것이 아닐까

내 기억에 남은 그때의 모습이,
결국 내가 꿈꾸는 사랑의 완전한 형태가 되어 간다

폭염

사계절 중 특히 여름에는
폭염을 생각지 않을 수가 없다

느티나무 그늘도 좋고
등나무 그늘도 좋다

푸르른 여름의 기품 잃지 않고
넉넉한 푸름이 얼마나 아름다운지

오래오래 여름의 푸르름을
또한 여름의 향기를 맡는다

시원한 그늘 곁을
떠날 줄을 모르고
그늘의 시원한 바람만을
여전히 찾고 있다

빈자리

나는 오랫동안 그림을 버렸다

내 꿈, 내 희망, 내 소망을 잃었다
절망도 절규도 아니다

그 빈자리에 깊은 어둠만이 남았다

문장

박제된 기억들을 따라
식은 감정들을 손에 쥐고
그 무엇도 붙잡지 않는 폐허를 올라가 본다

온갖 향기를 마음속으로 밀고 들어오던
나의 정원이었던 곳
지금은 이미조차 떠오르지 않는
감정의 무덤

과거를 쫓는 눈동자는
더 이상 많은 것을 담지 못한다

축제, 새로운 만남 그리고 이별

김주호 시집

꿈속에서
타인의 기억을 찾아
헤매는 어린아이처럼
깊은 낮의 끝에서
부딪힌 링크를 타고
영혼이 빠져나간 계절들을 다시 걷는다

내 것이었지만
내 것이 아니게 되어 버린
문장들
이제는 이해할 수 없는 감정

먼지 쌓인 상처와
부서진 문장을 바라본다

그대 1

나의 사랑은

시간이란 향기에 취해 흘러가는 의식의 강물,

그대 기억의 지붕을 두드리는 빗소리

순수함 없이 순수한 사랑을 원하는 나는

사랑 없이 사랑을 느끼고, 그대 없이 그대를 느낀다

어른

아직 새파랗게 어린 아이가

어른 흉내를 낸다

어른이 되고 싶어서, 어른을 동경해서

자신보다 성숙한 어른의 사랑을 동경해서

새파랗게 어린아이들이 어른 흉내를 내고 있다

빗줄기

흩어진 구름들 사이로
해가 힘 있게 비추인다

물먹은 하늘이 걷히고
구름이 새처럼 날아간다

지난한 빗줄기 내리던 밤
끝나지 않을 것만 같던 소리들도
다 흩어져 무지개로 걸리었다

굴래

엎지른 물을 주워 담을 수 있어도 엎지르지 않을 터인데 왜 주워 담지도 못하는 물을 엎지르는 것인가

태풍이 휘몰아친 것도 강한 햇빛을 맞은 것도 선이 악으로 변질된 것도 아닐 터인데 왜 스스로 엎어지는 것인가

엎어진 물은 점점 퍼져 나가 세상을 뒤엎고 엎어진 사람은 점점 내려가 지옥으로 추락한다

그러니 일어나라

일어나라

일단 엎지른 물은 신경 말고 어서 일어나라

그리고 이제는 태풍이 휘몰아쳐도 무너지지 마라

무너져도 다시 일어나라

또다시 무너지면 또다시 일어나라

이 수난의 굴래는 돌고 돌아 작은 웃음이라도 피울 터이니 지금은 앞으로 나아가라

주제 1

너의 주제를 알라
어찌 이리 어려운 말을 하나

내 주제는 남이 알고
남 주제는 내가 아니
서로의 주제를 아니
서로 말을 하지 않고

나와 남
우리 모두 주제를 모르는데
어찌 그리 어려운 말을 하는가

주제 2

모든 주제는 목적을 말한다

글의 주제를 알라는 것은
글의 목적을 말하는 것

그림 대회의 주제라는 건
그릴 대상을 정하는 것

표어의 주제를 알리는 건
조심할 행위를 알리는 것

어떤 주제는 삶을 말한다

네 주제를 알라는 말은
너의 수준을 알라는 것

같은 주제이지만
다른 주제이기에

주제 3

내가 바라보면
그것은 주제가 되고

네가 외면하면
그것은 배경이 된다

주제는 돌이 아니다
잡히지 않고 흘러간다

어쩌면 주제는
주체가 붙잡은 환상
혹은
권력이 정해 준 이름

그러나 나는
오늘도 한 문장을 쓴다

이것이 내 주제다
적어도 지금 이 순간만큼은

주제 4

주제를 찾는다는 것은
내 인생의 방향을 찾는 것

인생을 살아가는 데 있어
인생에 주제조차 찾지 못한 채 살아간다면

인생의 방향도 모르고
하루 종일 쳇바퀴만 타고 있을 것

늘 같은 노래

친구들 지겹다 말하지

구슬픈 내 노래가

들리지 않는 듯 멀어져 가네

지쳐 버린 마음을

겹겹이 싸매고

다시 홀로 서는 밤

말없이 흐르는 시간 속에

하염없이 떠오르는 너의 얼굴

지나간 추억은

늘 아련한 그림자처럼

같이 걷던 길 위에

은빛 달빛만 드리우고

김주호 시집

노을빛 물든 하늘 아래

노랠 부르다 멈춘 숨결

부서지는 파도 소리를

부르는 이름

아픔만 깊어 가네

나 홀로 남겨진 이 밤에

지는 별처럼 사라질까

게으른 미련만 남네

그녀

오늘 내 모습을 봐

한잔하고 지금부터 시작이야

경찰이 와서

내 민증에 붉은 선을 그어도

멈추지 말자

그게 내 마지막 자존심이야

오늘은 안 할게 거짓말

그럼 뭐 해

진실은 소용없는 지금 시간에

아무런 상담원도

내 얘기를 들어 주지는 않잖아

그래서 더 달리고
토하고
침을 흘리고
그런 내 모습을 또
누군가는 보고
날 욕하겠지

근데 거울 뒤의 내 그림자는
아파하는 사랑에
진심인 너를

항상 뒤에 서서 기다렸다는 거
잊지 마
오늘처럼 말이야

안녕

안녕
오랜만이야
인사하고 싶어서
지나가는 널 보고
막차 타고 와 버렸어

난 혼자
찰랑거리는 머리카락 뒤에
보이는 너의 어깨를 치곤
웃음을 보였었지

그때부터였던가
내 사랑은
너에게 겁을 줄 수도 있다는 걸
알게 된 건

너가 날 사랑한다 해도
그런 날 무섭게 보는 건 당연했어

사랑이 그런 건가 봐

내 마음이 크다고
내가 바랐던 모습들은
이해 아닌
오해로 남아 버렸어

그게 너와 마지막이었고
난 다시 끝을 내려야 했어
안녕

마라톤 1

우리의 결승점은
죽음이다

죽음으로 잘 가기 위해서는
삶을 잘 살아야
기쁘게 죽음을 맞이할 수 있다

우리가 가야 하는 길이
모두가 동일한 길이지만

각자가 살아가는 길이 다르면
죽음의 길도 각자 다르다

죽음을 기쁘게 맞이할 것인가?
죽음을 슬프게 맞이할 것인가?

 김주호 시집

또한

외로운 죽음이 될 것인가?
화려한 죽음이 될 것인가?

삶을 잘 살아야 되지 않을까

마라톤 2

인생은 마라톤이라면
결승점은 죽음이려나

결승점에 다다르는 속도는
모두가 다를 수 있으나

우리가 가야 하는 길이는
모두가 동일한 길이다

이 길은 시간인가
이 길은 무엇인가

결국 같은 목표를 향해 가는데
목표 끝에 죽음이 있다고 하면

빠르게 가는 것만이
정답인 것일까

김주호 시집

속도

다들 어딜 그리 가는 걸까

주변의 풍경도, 하늘도 신경 쓰지 못하고
어딜 그리 바삐 가는 걸까

나는 항상 하늘을 보고, 각각의 날에 핀 꽃들을 보면서,
그들의 속도에 맞추기보단

나 나름의 속도로 하루를 즐기고 있다

널 바라만 본다는 건

내게 더없이 소중한 순간이었고,

내게 한없이 행복한 시간이었고,

내게 수없이 귀중한 추억이었다

내게 남겨진 유산이며,

내게 주어진 숙명이며,

내게 건네진 슬픔이며,

내게 놓여진 미래이다

내게 너라는 존재는 아침 이슬과

한겨울 내리는 소나기 같았으며,

언제 없어져도 모를 촛불의 연기와 같았다

우리의 시간은 짧았다 그 안에서 나눈 말은 길었지만
이제 돌아오지 않을 시간을 건너 볼까 한다
붙잡아 두지 않으려고, 혼자서 잘 살아 보려 한다
나의 노력이 당신에게, 당신의 삶의 기억 속에 해가 되지 않기를

어제의 용기가 오늘의 돌아봄으로
오늘의 고백이 내일의 잊혀짐으로

간극

너를 만나고서 그제야
혼자 자는 내 방이
깜깜하다는 것을 알았다

너와의 간극이
좁혀지기를 바라지만
선녀의 치맛자락은 서글프게 부드럽고
바위는 무심하게 두텁다

몇 톨 남지 않은 모래를
다시 흐르게 하려 뒤집어 보자
달라지는 생각

반이나 남은 흰 도화지
겨울이 지나야 오는 봄
떨어져 있어 그리워하는 너와 나

우리의 간극에는
추억들이 까막까치처럼 수놓고
서로를 바라보며 끊임없이 걷는
너와 나

너라는 하늘과 나라는 꽃

꽃이 피는 계절에 너를 보았다

향기로운 미소를 흘리는 너를 보았다

오래도록 보았다

절대 같은 너를 꽃으로 바라보았다

잠이 오지 않는 밤에도 나는 너를 보았다

바람이 휘몰아쳐도, 비가 흘러내려도 신경 않고 너를 보았다

꽃이 지는 계절에 너를 보았다

그렇게 고개를 숙이기까지 나는 너를 바라만 보았다

무질서

대놓고 존재하는 질서보단
무질서 속에 숨어 있는 규칙이 좋다

규범과 규율을 따지다 보면
자신의 행복은 쉽게 놓쳐 버린다

하지만
규율조차 없는 세상에선
배려라는 친절함이
감옥이 되기도 한다

그래서 나는 바란다

무질서 속에서 자라나는
스스로의 선들이
조용히 규칙이 되길

주어진 질서보다는
그렇게 만들어지는 것이
나에게 더 맞다

그래서 나는,
무질서가 좋다

그날

그날
그날이 오면
나는 벌거벗은 몸짓으로
그대를 맞이하리라

그대와 나의
수많은 오해는
한낮에 잠든 꿈속에
묻혀

서로의 벗은 몸을
애처롭게 바라보며
서로의 아픔을 달래는
애무의 몸짓으로
서로의 상처를
안아 주리라
너의 상처는

김주호 시집

내가 낸 상처
나의 상처는
우리가 만든 상처

나는 나의 상처로
그대 다칠까?
그대는 그대의 상처로
그대 다칠까?
하는
서로의 대한 오해의 성벽이
무너지는 날

우리 어릴 적 어린이와 같은 마음으로

서로를 위해 만들어 낸 고슴도치의
오해의 가시들이 사라지는 날

우리는 서로의 벗은 몸을
말없이 끌어안고
사랑하리라

그날… 그날이 오면

책갈피

나는 버려진 낙엽

한때는 햇살과 친구 하던
한때는 바람과 친구 하던
한때는 그대의 작은 그늘

그러나 이제는 버려진 낙엽
세상의 언어로는 쓰레기라는
깊은 상처를 남기고
빛바랜 낙엽 한 잎

이런 쓰레기 같은 낙엽 한 잎도
그대 만나면 책장 한 장에
남겨진 책갈피 될 수 있다는
희망으로 시를 써 내려가는
낙엽 한 잎의 절규 어린 죽음을…

여름

여름에서 눈꽃을 찾고 있어
여름에서 눈물을 참고 있어

아스팔트 위에 덩그러니 내던져져서
천천히 여름의 열기에 익어 가고 있어

그럼에도 우리 계속 춤추자
한여름의 끝나지 않는 무더운 열대야까지
아스팔트 위 끈질기게 살아남는 우리처럼

우리 결국 그늘을 찾을 수밖에 없잖아
우리 결국 춤추는 것밖에 할 수 없잖아

그 무엇도 여름의 열기를 잠재울 수 없지만
우리의 열기도 잠재울 수 없잖아

그러니까 우리 계속 춤추자
한여름의 끝나지 않는 무더운 열대야까지
아스팔트 위 끈질기게 살아남는 우리처럼

바다

나는 겨울 바다가 좋다

많은 인파로
흥청거리는 여름 바다

뜨거운 태양이
내려 쪼이는 모래사장

난 여름이 싫다
겨울이 깨끗해서 좋다

겨울에 태어나서
겨울을 좋아하는 건가?

마음이 갑갑할 때
파도치는 겨울 바다를 간다

누군가 나에게
들려주는 이야기

왜 마음이 울적한데
바다로 가는가
산으로 가야지

나는 웃는다
마음이 갑갑할 때는
확 트인 바다로 가야지

숲으로 둘러싸인
산을 왜 가냐고

바다 저 끝에는
하늘과 바다가 맞닿았는데도
거부감 없이
마주 보면서 다정하게
지평선을 이룬다

바다의 넓고 푸름도
저 넓게 펼쳐진 수평선도

오늘도 바다는
가슴을 펴고
마음이 힘들고 갑갑한 사람은
나에게로 오라고
푸른 파도가 손짓을 한다

김주호 시집

파도

바닷가에 누워서

파도가 날 집어삼킬 때까지 하염없이 기다린다

하지만 파도는 날 스쳐 지나갈 뿐

온몸이 상처투성이라 쓰라리지만

파도가 날 집어삼킬 때까지 하염없이 기다린다

바다까지 걸어 들어갈 용기는 없다

그런 핑계를 대 보지만

이곳을 떠나갈 용기도 없다

이것도 그저 핑계일까

이곳을 떠나 버린다면
내가 기껏 말려 둔 내 아래의 모래들에게 미안해서
모래들이 떠나지 말라고 내게 속삭여서
이런 핑계도 대 본다

파도의 차가움보다 바닷가의 바람이 더 차가워서
이미 젖어 버린 몸은 바람에 더 취약해서
나는 최선의 선택을 한 것이라고
이런 핑계도 대 본다

아

아, 행복해

라고 생각하는 순간

우리는 몸을 일으켰고

행복한 순간은 금세 지나가

아, 아쉬워

라고 생각하기 무섭게

너는 금방 떠나가 버리고

나 혼자 텅 빈 방을 바라봐

아, 공허해

라고 생각해 버리면서

나는 너가 지나간 방을

하나둘 깨끗이 청소해 나가

아, 불안해

라고 생각에 잠기며

텅 빈 방에 몸을 웅크리고

겨우 기대에 진정하며 깨어나

아, 행복은 잠깐의 순간이고

아, 아쉬움은 행복의 미련이며

아, 공허함은 행복의 빈자리고

아, 불안함은 행복의 불확실성이구나

그리움

쌓인 눈을 녹이고 찾아온 나의 봄,
그 자리에 피어나는 나의 꽃들아

사이는 점점 더 뜨거워지고
그 열기를 감당 못 해 녹아내리는 나의 꽃들

그대 피한 나의 마음은 잠깐의 바람에 시원한가 서러운가

언젠간 다시 돌아올 그때를 그리며
내 마음에 다시금 눈이 쌓이네

행복의 저주

나는 당신을 저주해요
당신이 날 저주하기 때문이에요

나는 당신을 사랑했어요
하지만 당신은 가장 찬란한 순간에 찾아와
가장 허무한 순간에 떠났어요

나는 당신을 갈망했어요
하지만 당신은 점점 더 멀어져만 가고
흔적만 남기고 떠나갈 뿐이에요

나는 당신을 떠나보내요
그것만이 당신에게서 내가 할 수 있는
나를 지키는 유일한 수단이기 때문이에요

이것이 내가 당신에게 내리는 저주예요
이 또한 당신이 내게 내리는 저주예요

각자의 우주

사람과 사람 사이에는
각자의 우주가 자리 잡고 있어서
절대로 만날 수 없지만
그렇기에 아름다운 것

멀리서 보면 황홀하지만
가까이서 보면 암흑 같은
너의 아픈 우주를
내가 다 공감해 줄 수는 없지만

절대 이해할 수는 없지만
절대 가까이할 수는 없지만
절대 닿을 수는 없지만
그러니 더 애틋한 것

결국 서로의 우주는 닿지 않기에
우리는 충돌하지 않았고
각자의 우주를 지키며
멀리서 조용히 빛나는 것

김주호 시집

밑 빠진 독

부어도 부어도
끝끝내 차지 않고

무심히 다시금
웅덩이 만드네

그래도 한 번 더
물을 길어 넣어

너에게 닿기를
간절히 비네

그늘의 숨

음지에 핀 버섯을 바라보니,
참으로, 저것도 목숨이라 하겠구나
해를 피한 것이 아니라
해에 져 버린 자의 모양이로다

마루 끝에 앉아 있노라면
발밑 기왓장 사이로
세상이 들썩이며 숨 쉬는 듯하네
그 호흡이란 것이
참으로 천천히, 지독하도다

햇볕은 죄다 앞쪽으로 쏟아지고,
뒤편 담벼락엔
언제부터 묵은 그림자 하나
꼼짝 않고 앉아 있더이다

나는 오늘도 그 옆에 앉아

말을 삼키고,

삼킨 채로 속이 배어 나오는 소릴 들었네

바람이 분다 하기에 창을 열었더니,

들어온 것은 먼지였고,

그 속엔 내 어제 입김이

아직도 매달려 있더이다

참 이상도 하지,

오늘은 아무 일도 없건만

더러워지기만 하네

남아 있는 사람의 이별

그리움만 남겨져 있는 이별
그렇게 왜 나를 버리셨나이까
그대여

왜 나를 혼자
두고 가나요
이별하지 마요
그대여 제발 나를
혼자 두지 마오

그리움에 잠식돼 있는 나를
찾아와 줘요 나를
안 찾아오면
울겠습니다 그대여

나비

이리 날아오너라,
수십 번을 노래해도
듣지 않고 날아가면
대체 그 노래가 무슨 소용인지

어쩌면 가까운 꽃밭이
아니라 먼 꽃밭에
날아가는 나비를 잡으려

어쭙잖은 희망 고문을
스스로 하는 걸지도 몰라
되지 않는다는 걸 알면서
그럴 리 없다고 부정하는 걸지도 몰라

나비야 나비야
이리 날아오너라

너를 보는 꽃밭에
어서 날아와 줄래

실수로 태어난 의자에게

나는 오늘 의자였다
아무도 앉지 않았지만 나는 여전히 의자였고,
누군가 앉으려는 순간
나는 테이블이 되었다
순간적인 정체성 전환— 이것이 생존의 기술이다

사람들은 앉고,
나는 견디고,
그러다 다리 하나가 빠졌다
사람들은 화를 내지 않고 그냥 다른 의자에 앉았다
그게 나를 제일 아프게 했다

나는 복수처럼 삐걱거렸다
"나는 살아 있다"고 외치고 싶었지만
내 목소리는 나사를 조일 때 나는 소리였다
조용하고, 쓰디쓴 금속성 감정

낮엔 의자였고,
밤엔 고양이 밥그릇 옆에서 울었다
나는 밥도 아니고 고양이도 아니니까

지나가던 개가 나를 향해 짖었다
나는 그것이 욕인지 칭찬인지 몰라서
고개를 끄덕였다
그런 태도— 그게 나의 사회성

그리고 지금,
나는 세탁기 안에서 돌아가고 있다
무언가를 씻기 위해서가 아니라
그냥 돌고 싶어서
원심력이 나를 위로한다

내일은 무엇이 되어야 하지
아마 쥐덫?
아니면 미세 먼지?
혹은 숟가락의 죄책감?

하지만 분명한 건,
나는 오늘도
정확하게 틀어졌다는 것
그게 유일한 위안이었나

별의 잔재

넌 하늘의 별이 될 거라고 했지,
아름답게 빛나면서
고고한 한 송이의 장미처럼

저기, 네 흔적이 내리네,
하늘에서 너의 존재를
잊지 않기를 바랐나 봐

너의 잔재가 흩뿌려지네,
별빛처럼,
그 빛은 어느 곳에든
남아, 아름답게

사라짐 속에서도

너는 여전히 빛나고,

하늘의 그 자리는

언제나 너를 기억할 거야

너의 흔적을 따라

우리도 조금씩 별이 되어 가겠지

그렇게,

우리는 영원히 함께일 거야

가장 빛나는 너에게

반가워
가장 아름답고 반짝이는 너라는 사람이
나의 시를 보니 기뻐
넌 내가 누군지 몰라
그치만 넌 지금 내 시를 읽고 있잖아

너라는 사람이 누군진 몰라도
마음이 예쁜 사람이란 걸 알 것 같아
난 너라는 사람이 정말 좋아
아무것도 모르고 읽고 있는 걸지 몰라도
너의 존재 자체만으로도 다른 사람들에게
행복이란 '씨앗'을 뿌리는 것 같아
예쁜 미소로 사람들에게 사랑 듬뿍 받으며
하루하루 살아가자
무너지더라도 괜찮다고 말해 줄 수 있어
넌 강하니깐 할 수 있잖아
태어나 줘서 고마워
가장 빛나는 너에게
너를 사랑하는 내가

거짓말

괜찮다고 말했는데

아무도 믿지 않았다

나조차도

내 자신을 속였다

괜찮은 척했던 날 보며

아픔은 숨길 수 없나 보다

이별은 숨길 수 없나 보다

그 아픔과 이별에 둘러싸인

그 감정에 사로잡혀

오늘도 거짓말했다

거짓말하지 말자 했던 내가

결국엔 해 버렸다

그 뻔한 거짓말을

그대에게 해 버렸다

사랑의 자전거

따르릉 따르릉~
비켜나세요
자전거가 나갑니다

나의 자전거는
오직 그대만을 향해 달립니다

내 눈에는
오직 그대만 보입니다

그러니
다들 알아서 피하세요

김주호 시집

학교 폭력

그들의 무지한 주먹에
네가 아파하고

그들의 거친 발길질에
네가 멍들어 갈 때도

난 그저 묵묵히
지켜만 보았어
널 지켜 주고 싶었지만
내게는 티끌만 한 용기도 없었어

힘 없고
백 없고
돈 없는 너는
모든 걸 그저
묵묵히 참고 견뎌야만 했었지

김주호 시집

친구야,
정말 미안해
그때 너에게
손 내밀지 못했던
이 비겁한 나를
용서해 줘

너 없는 새벽

너 없는 새벽은

검은 장미 한 송이

예쁘게 피었다만

향과 온기가 남아 있지 않다

너 없는 새벽은

검은 튤립 한 송이

사랑은 있었고,

이루어질 수 없었다

나는 그 꽃을 바라보며

하루를 견딘다

피지 않는 조화인 걸 알지만

피길 바라며 날이 지나길 바란다

외톨이 소녀

언제나 혼자 있는 아이
혼자 밥을 먹고
혼자 책을 보고
혼자 집에 가는 아이

그녀의 귓속엔
언제나 이어폰이 박혀 있고
시선은 늘 아래로 깔려 있다

다가가 말을 해 볼까?
아니야, 내가 굳이 왜…

음악은 그녀의 유일한 친구
쓸쓸한 그림자와 함께
오늘도 홀로 걷고 있는
외톨이 소녀

굴레 1

나의 굴레는 그대인가
그대를 향한 나의 마음인가

그대 향한 그리움은
사랑인가 이 또한 굴레인가

굴레를 벗어던지자니
그대 안에서 언제나 행복한 나이기에

기꺼이 난 나만의 굴레에 갇혀
그리워하고 사랑하리

실

이 감정의 끝에서 발견한 실은

나의 예상보다 너무나 얇았다

손쉽게 끊어 낼 수 있을 듯

손쉽게 무너뜨릴 수 있을 듯

나의 핏줄보다도 얇은 실에

왜 그리 얽매었단 말인가

그럼에도 끊어 낼 수 없던 이유는

이것이 내가 발견해 낸 유일한 것이라

아쉬움에서인지 미련 때문인지

또는 용기가 없어서인지

나의 핏줄보다도 얇은 실을

나는 차마 끊어 낼 수 없었다

김주호 시집

결국 난 또다시 내가 만들어 낸

감정의 굴레에 빠져서

결국 난 또다시 내가 끊지 못한

감정의 실에 얽매어서

나의 핏줄보다도 얇은 실에

아무것도 하지 못한다

체념

있어야 할 곳에 없는 나는
살아갈 이유 없는 당신에게로 흐른다

가벼운 깃털이 생명을 띄우고,
물 위를 떠다닌다
생명의 쳇바퀴 속,
벗어날 기미는 보이지 않고
그래서 더더욱 소중해지는, 당신의 필요

함께할 순 없지만
함께 겪을 수 있는 격류에
끝나지 않는 굴레를 벗어던지고,
그 흐름에 몸을 맡긴다

그리고 마침내
당신과 함께
내가 나인 그대로인 채로

굴레 2

사랑은 없었다
거절은 외면당했고
나는 결국,
남의 인생에 끌려들어 갔다

체념으로 맺은 인연,
참아야만 했던 세월

가정을 지켰고
아이들을 키웠고
밖에서는 웃으며,
안에서는 울었다

'행복한 가족'이란 가면 뒤로
한 사람은 바람을 피우고,
나는 속을 다 태웠다

딸은 말했지
"엄마만 생각해. 난 괜찮아."
그래서 마음을 단단히 먹고,
그 굴레를 끊어 냈다

하지만 딸은…
그 굴레의 그림자를 등에 지고
먼저 떠났다

가끔 생각한다
무엇을 잘못했는지,
어디에서 벗어났어야 했는지

그러나 이제야 알겠다
굴레를 끌고도 버텨 낸
내 삶이 바로 용기였음을

사랑이 없어도
내가 사랑으로 살았기에
이 길은 헛되지 않으리라

오늘도 나는
속죄하며, 기도하며,
내 몫의 시간을
조용히 살아 낸다

행복에게

결국엔 말이야

절대 닿을 수 없단 걸 알아도

너를 쫓아가야만 하는 인생을

탓할 뿐인 거야

결국엔 말이야

절대 영원하지 않단 걸 알아도

너를 갈구해야만 살아가는 인간을

탓할 뿐인 거야

결국엔 말이야

이 모든 것에도 불구하고

너를 사랑하고 갈망하는 나를

탓할 뿐인 거야

김주호 시집

인생

나라의 근본은 임금이요

벼슬길을 가기 위한 남의 인생

양반집 자식인 나는 배 뜨숩다

나라가 의지할 곳 없는 것도 아니고

사방에는 같이 싸울 전우도 없다

여기서 죽으면 원하던 걸 이루지 못하고 죽을 뿐이다

부부도 서로서로 오래 산다만

나라는 왜 백성과 같이 그러지 못하는가

나도 죽을 거면 같이 고요히 잠들겠소

나라와 함께 살아서는 집이 다르지만 같은 무덤에 묻히겠소

나는 이 달빛 아래

고요히 싸늘한 시체가

되어 가겠소

나라는 왜놈과 살고 죽고

위쪽은 부자로 살며 좋은 후예를 낳고 사는디

오래 살고 복 받는 위나라

분하여도 난 이 달빛 아래

조용히 홍얼홍얼 노래한다

푸른 하늘에 머지않아 달이 떠오르면

청춘을 친구 삼아 기쁜 마음으로 고향에 돌아가리라

외쳐

침묵하기만 해선 세상에 닿지 않아

웅얼거리기만 해선 너에게 닿지 않아

말하기만 해선 진심이 닿지 않아

외쳐!

우리는 목소리가 있잖아

우리는 뜻이 있잖아

우리는 꿈이 있잖아

세상은 너에게 귀 기울여 주지 않지만

우리는 외칠 수 있잖아

외로운 외침

텅 빈 골목에,
조용히 외쳐 본다
어지러울 만큼 슬펐던 기억에
말하지 못했던 것을, 입술 끝까지 올랐다가 떨어진 수많은 진심
이 담긴 외침

그것은 분노가 아니고, 애원도 아니며, 그저 존재를 증명하고 싶
었던, 그리 조용한 포효였다

"나는 여기에 있다."

나는 외치고,
세상은 그제야 나에게 귀를 기울인다

기쁨의 젖은 광기의 외침

나를 바라보는 세상은
항상 나에게 속삭이듯 말해 준다네
"인생은 모순."

어찌 보면 옳은 말이오
어찌 보면 지중한 말일지어다
내 심정은 하늘에 닿을 정도에 사무치는 슬픔이니

모두가 나를 불쌍히 여긴다네
그렇다 하여도 이 운명의 이치에게
난 외친다네

세상의 이치가 그러더라도

마른나무에서 물을 짜내듯이 아무것도 못 하는 나에게 무리하
게 요구하겠지
　그러더라도 백 년을 같이 지내자고 약속하겠노라 했건만 갑자기
죽어
　영혼은 어디 갔는가 이 자식을 두고
　세상을 떠나는가

　그러니 난 세상이 따르라는
　이치에 대항하겠소이다

거울

지금 나를 비추는 너는
무엇이든 비출 수 있기에

더 아름다운 것을 비추라고
나를 담기엔 넌 너무 맑다고 해도

네 모습 꽉 차게 나를 담는 너가
조금 더 나은 모습을 비추도록

나는 그것 하나만을 보며
더 나은 사람이 되고자 한다

김주호 시집

굴레의 이름들

나는 분명 보았다

새장 안의 야윈 새,
그물 안의 살찐 물고기
굴레 안의 거울에 비친 나

우리 모두,
고통과 익숙함의 애증 사이에서
허무한 것을 갈망하는
그 비참한 눈빛을 가지고 있다는 것을

침묵의 굴레여,
보이지도 않아 언제부터 나를
감싸고 있었느냐
그리 깊게도 옭아매었느냐

대물림의 굴레여,
내 굴레마저 누군가의 굴레였으니
나는 너의 기원조차도
알 수 없구나

속삭임의 굴레여,
나다움이 너를 껴안는 과정이라는
진실 아닌 진실은
고통이요
너를 껴안은 나를 보며 진즉에 널 껴안은
굴레 속 내 동지들은
익숙함이요

외침의 굴레여,
그래도 나는
기어이 나는
오늘도 굴레의 벽에
귀를 대어 본다

아주 작게, 바람이 스며드는 소리를
들으며

굴레의 온기

놓고 싶지 않았다
길게 늘어진 그리움이
조용히 가슴을 감싸고 있어서

돌아가고 싶지 않았다
너의 온기가 남은 그 자리에
내 마음도 묶여 있어서

아파도 벗어나지 못했다
너 없는 세상은
메마른 바람 소리 같아서

잊으려 해도 떠나지 못했다
끝나지 않는 적막 속에
너라는 빛만 숨 쉬고 있어서

굴레를 알아
벗어난 자유의 쓸쓸함을 알게 되었듯
너를 알아
사랑의 무거운 기쁨을 알게 되었다

해바라기

그저 너를 올려다본다
사랑스러운 너를, 그저 올려다본다

끝없이 너를 올려다본다
닿을 수 없음을 알면서도

그럼에도 나는, 너를 바라보기만 해도 행복하다

너의 빛나는 미소만은
지금도 우리에게 닿아 있다

그러니 나는 그저 너를 바라볼 뿐이다
우리의 계절이 지나갈 때까지

창천

청염에 휩싸인듯
강렬한 기개를 붓에 찍어

검디검은 흑세(黑世)를
푸르게 물들이니

그 기개가 마치
밝아 오는 청해와 같구나

나도 이와 같이 살리엇다
흑백의 세상에 점 하나 찍으렵니다

우리

각자가 지니는 공간은 얼마나 무한한가
절대 서로를 이해할 수 없으면서도
이해하기 위해 애쓰는 삶
불가능에 도전하는 삶

그런 그들을 하나로 어우르는 말,
'우리'라는 말은 어쩌면
가장 불가능하면서도
가장 아름다운 말이 아닐까

김주호 시집

칠흑 1

칠흑 같은 당신의 우주에 빠질 것만 같아요
칠흑이라도 그 속엔 다양한 색이 섞여 있죠
당신이 예쁜 색을 만들려고 한 흔적이에요
그러나 형형색색의 노력들은 한데 섞여서
검디검은 칠흑을 만들어 냈어요

얼마나 멋지고도 아름다운 일인가요
회색도, 황토색도 아닌 빛나는 칠흑을,
우주를 수놓을 수 있는 아름다운 칠흑을,
당신의 노력이 빛을 발할 수 있는 칠흑을,
너무 미워하지 말아요

칠흑 2

내 마음에 칠흑 같은 그리움만 드리워
빛이 비춰질 날이 있을까 싶다가도

그 어둠마저 사랑하고자 하는 나의 마음은
칠흑 같은 어둠이 작은 빛을 더 밝게 비추는 사실을 알고 있기
때문이며

내 어둠은 오직 너만을 더 빛나게 하기에
나는 구태여 찬란한 빛을 쫓지 않는다

네 눈짓 한 번에 하루의 시작이 행복해지는 나이기에, 나는 오늘
도 다짐한다

기꺼이 한순간 강한 빛을 열망하지 않으리
기꺼이 한순간 작은 빛에 감사하리

김주호 시집

칠흑 3

빛 끊긴 길 걸어
진리마저 숨었더니
침묵 속 검은 그늘
허공에 길 잃었구나

외면 말라 하여라
어둠이라만 할 수 없으니,
텅 빈 듯하여도
새벽 오기 전 고요라

묻지 말라 하여라
길은 내가 내는 것
무너진 자리 위에
뜻 하나 새기리라

허무 덮일지라도
깊은 불꽃 꺼지지 않으리
나는 빛 좇는 자 아닌
스스로 빛 되어 가리라

두 글자

낭만이라는 이 두 글자가
내게 두 글자 이상의 기억을 불러온다

같은 두 글자인 사랑, 우정은
단편적인 기억을 떠올리게 하지만

낭만이라는, 어쩌면 투박해 보이는 단어는
내 삶의 찬란한 부분의 흐름을 묘사한다

내 청춘이 두 글자로 표현됨에 씁쓸하고
또 두 글자로 표현됨에 감사한다

 김주호 시집

낭만이라는 이름

나는
시를 쓴다

예쁘지 않은 돌을 깎아
살아 있는 꽃을 만드는 것
예쁜 꽃을 꺾어
핏빛 피아노 연주하는 손가락

글로 쓰지 않아도
시가 된다

매일 펜을 들어도
단 한 줄 써지지 않는 깊은 밤

예쁘지 않아 낭만이다

우리는 낭만에 살고
낭만에 숨 쉰다

낭만 청춘

낭만 있게
그래 까짓거 떠나자!
밝은 햇살 아래 씨익 웃던 너

왜 그땐 그리 설   던지
콩닥거리기만 하던 내 가슴

밤새 앓던 너의 생각에 잠이 안 와
그리운 그 시절 첫사랑처럼…

이제 하나둘 가족과 벗을 떠나보내는
중년이 훌쩍 되어 버려서도

불현듯 떠오르는 너의 그날 미소에
같이 씨익 웃어 본다

아 청춘이여 한 번만 제발
같이 다시 웃어 보자

  김주호 시집

민들레 씨

민들레 씨는
가벼워서 떠나는 것이 아니다

흙의 무게를 알기에
뿌리의 통증을 알기에
그 몸을 바람에 내맡긴다

햇살을 안을 수 있기에
비를 머금을 수 있기에
그 잠잠한 비상은
숨을 고르는 길이 된다

머무를 곳을 모른다면
그토록 고요히
흩어질 수 없다

끝내 어딘가에
조용히 내려앉게 되겠지만
그 떨림을 품은 마음은
조금 더 단단해진다

세계주의

각자의 이상을 실현시키고자
남의 이상을 짓밟아야 하는 사회에서

누군가에 의해 내 이상이 짓밟히고
내가 누군가의 이상을 짓밟는 건
어쩌면 당연한 일이 아닐까

세계주의라는 하나의 이념도
누군가의 이상을 짓밟아야 실현될 테니

오직 기도와 순종으로 간구해야 되겠네
저희를 도와주시옵소서

낭만

감성을 좋아한다

낭만이란 의미 없는 것으로

치부되는 세상에서

하릴없이 낭만적임을 외치는 것을 좋아한다

낭만이 쓸모없는 것이라면

나는 쓸모없는 사람이 되기를 원한다

그런 것이다

어찌할 도리가 없이, 속절없이

숨은 환각

냄새나는 하수구에
흐르는 환각 물질
아무도 모르게
심지어 어둠조차 모르게
흘러 들어가

와인에 녹이고
인형에 숨기고
들어와

하수구로 몰래 숨는다
비겁하고 악랄하게
더러운 지폐 다발

괴물, 추한 괴물이
멀끔한 양복 입었다
사람들 속에 스며들어

웃으며, 악수하고
사라진다

열대야

젖었다가 뜨겁다가
다시 젖었다가 말랐다가
아스팔트 위에 널브러진
7월 햇살의 조각들이

열대야 뜨거움 속에
냉장고 안을 들락날락하고 있구나

밤

여름의 절반이 흘러간 날 밤

이룬 것을 생각하기엔 공허해서

그저 아직은 한여름인 밤공기를

사랑하기로 다짐하고 옥상에 올랐다

캄캄하면서도 도시의 불빛으로

찬란히 빛나는 풍경을 바라보다 보니

살갗에 닿는 뜨거운 공기가

그래도 아직은 한여름이구나,

아무리 7월의 마지막 밤이어도

열정은 그대로구나, 싶어서

8월의 첫날을 맞이하기 위해

옥상에서 내려오며

7월에게 마지막 인사를 보낸다

내년에 다시 보자꾸나

그때도 이 열정을 지니고 오기를

 　　　김주호 시집

7월의 마지막

한낮의 숨결이
옅게 스며들고,

남겨진 열기 속엔
말 없는 흔적 하나

이마에 맺힌 이슬은
아직도 식지 않아서,

질긴 바람의 노력에도
끝내 아물지 않는 마음

사라진 여름의 한 조각,
덜 타 버린 계절의 여운

이런 감정은 뭐지

이 마음은 무엇을 위한 마음일까
두려운가, 절망스러운가… 아니다
그렇다면
기쁜가, 행복한가… 이 또한 다르다

이 감정은 나의 것이지만
어디서 오는 감정인 줄 모른 채
나의 대부분을 차지한다

마치 좁고 어두운 골목길을 배회하는
솜털같이 가볍고 천진난만한 어린아이, 이처럼 이해할 수 없고,
종점이 보이지 않는 감정이

나는 궁금하다

김주호 시집

새벽

선선한 바람과 차디찬 공기
서늘한 냄새에 나도 멍해지네
해가 뜨려나 하늘이 찬란하게 어둠을 뒤덮는다

조용하고 한적한 거리
그 누구에게도 방해받지 않을 수 있는 이 새벽

아아 떠오르는 태양이 너무나도 눈부셔
고요한 공기 속에 나는 스며든다

홀로서기 좋은 새벽
누구나 평안한 하루를 시작할 수 있는 이 새벽
웃으며 하루를 시작한다는 신호
새벽

거울

넌 항상 그런 식이었어

난 살기를 원했지만
넌 살기를 품었지

난 사랑을 원했지만
넌 절망을 심었어

너가 죽도록 밉지만
널 죽어도 떼어 낼 수 없겠구나

거울아 거울아
이제 그만 나를 놔 줘

능소화

여름이 시작되길 알리고

그 여름의 시작과 끝을 함께 맞이하는 꽃

능소화

강한 비바람 속에서도 굴하지 않고

열심히 꽃 피워 흐드러지게 아름다운 풍경을 만들어 내는 능소화

꽃말처럼, 그대를 기다리는 나처럼

끈질기게 포기하지 않고 다시 꽃 피우는 능소화

하늘을 업신여기며 피어나는 꽃이라 했던가

사별

언젠가 사라져 버릴 너의 육체는
아직까지는 너무나 따스한 온기를 품고 있구나

곧 너의 영혼과 육체는 서로 각기 다른 길을 가겠지만
그것이 베드 엔딩이라고는 생각하지 않아

단지 너의 영혼과 육체의 영원한 안식과 평화란다
따스함은 너의 영혼에서 비롯되는 것이겠지,

너가 가는 곳이 어디든지 너는 따뜻할 거야

영혼아, 길을 떠날 때 온기는 가져가고 추억은 남기고 가렴
육체야, 길을 떠날 때 아픔과 고통을 가져가 주렴

논어

군자는 황금색 왕관 대신 화관을 가지라 말한다

혹자는 화관을 원하지만
다른 혹자들은 그에게 왕관을 씌워 준다

군자는 마음이 중요하다고 말했다
혹자도 마음을 중요시하지만
다른 혹자들은 다른 마음이
더 중요하다고 했다

군자는 어느덧 옛것이 되어 버렸다
혹자는 새것이다

하지만 새것보다는 옛것이
그리울 때가 있다

혹자는 걸음은 앞으로
고개는 뒤를 보며 걷는다

이상하다 말할 순 있으나
잘못된 것이라고는 할 수 없다

낡은 하늘 1

고개를 숙인 채 손가락 운동을 하는 젊은이가 보였다

출렁이는 하늘을 보지 못한 채 스마트폰이 던진 가느다란 바늘
에 걸려든 듯

한참을 발버둥 치는 안타까운 세계를 보았다

잠깐 동공이 흔들린 나는
누가 볼까, 빠르게 허리를 폈다

하늘을 우러러 실눈 뜨고 보는 하늘은

오늘도 떠다니는 하얀 구름들은

누구도 보지 않아
낡아 버린 먼지뿐이었다

 김주호 시집

낡은 하늘 2

하늘은 오늘도
어제처럼 낡았다
벗겨진 햇살 틈으로
희망을 꿰매다 만 자국이 보였다

나는 매일
같은 시간에 숨을 쉬고
같은 골목을 지나며
같은 구름에게 무너진다

달력 끝에 쌓인 먼지처럼
시간은 닦이지 않고,
그냥 또 하루를 덧입는다

눈을 감으면
처음 만났을 때의 하늘이 떠올라
그땐 이렇게 바래지 않았는데

이젠 눈을 떠도
모든 게 꿈처럼 멀다
하늘조차 지쳐 있는 걸 보니

오늘도 하늘은
조용히 해 지고 있다
말라붙은 파란 감정이
뉘엿뉘엿 내려앉는다

말을 한 날

낮설지 않은 하늘
어제와는 다른데
익숙한 것이
꼭 그날과 같다

내가 나로 살기로 한 날,
낡은 나를 버리기로 하늘에 말을 한 날

김주호 시집

낡아 버린

낡았구나 낡았어
이것도 더는 못 쓰겠구나
하며 가차 없이 버려 버리는
너의 행동에 나도 같이 버려지고

아니야 아니야
아직 더 꿰맬 수 있다고
하며 꼭 끌어안은 채 놓지 않던 나
떨리는 손으로 바늘을 꼭 쥐었다

낡아 버린 인형
낡아 버린 추억
낡아 버린 너와
낡아 버린 나

그날의 하늘도 낡아 있었다

평화의 꽃

먼 데서 바람이 일어
잎이 몇 장, 반쯤 스러졌더니
그 아래 짐승 하나
가만히 앉아 있더라

눈은 감았고
숨은 가늘어 바람결에 섞였으며
이빨은 이무기의 것마냥
혀 밑에 감춰 두었더라

산은 말이 없고
꽃잎만 말이 많아
진다 피었다 어지러이 떨어지니
짐승 또한 말을 끊었더라

그날은 평화가 들뜬 하루라

산새도 울지 않고

물소리도 않지 않고

달조차 제 얼굴을 씻지 않았더라

짐승은 언제나 말을 얹었다

피라는 물건은 꽃빛을 닮고

꽃잎은 또 피를 닮아

물지 않아도 입술이 붉구나

이에 한참을 앉아 있더니

해는 자리를 물려주었고

꽃잎은 짐승의 등 위에 조용히 내려

아무도 울지 않았더라

충정

하늘이 있기에

땅이 있는 법이다

하지만 나는 땅이 못 된다

그렇기에 하늘에서 번개라는

천벌을 내린다 한들,

설령 죄가 가볍다 한들

문제 되지 않는다

지구를 머리 위에 이는 자는

군말이 없다,

하늘이면 하늘

땅이면 땅

설령 지하라 한들

받쳐 든다

동녘 넋

동녘에 넋을 놓고
동쪽으로 밝아 오는 해를
뚫어지게 쫓아 본다
나의 피부가 햇빛에 물들기까지
왼쪽 손목에 있는 시계를 바라본다
여명이 밝아 온다

아침이 밝아 오는 이유

사람들마다의 일상은 다르다

하지만 모든 사람들에게는 우리가 의식하지 못하며 또 의식 가
능한, 항상 존재하는 시간이 있다

그렇게 우리들은 모두 같은 배에 탄다

하지만 그 상인에게는 아침이 아닌 오직 밤만이 존재한다

그 상인은 눈을 초롱초롱 뜨며 마치 자기가 이 밤의 주인공 행세
를 한다

안타까운 눈으로 시선은 고정한 채로 나는 다시 노를 젓는다

인생길

힘들고
지친다

지쳐도
걸어야 하는
인생길

발바닥에
피가 흐르고

심장의 뜀은
느려진다

돌아보지 못해
돌아서지 않는다

오직

앞으로
앞으로
앞으로

눈물에서
피가 난다

가슴의 멍울이
찢어져
비가 내린다

앞으로
앞으로

앞으로 가기엔
너무 아프다

그래도
가야 하는
인생길

버거움에
하소연해 본다

후회

후회한들
무슨 소용 있으랴?

후회로
밀려드는 파도
잠식당한다

숨을 못 쉬겠어
후회 없이 살고픈데

뼈를 깎고
살을 깎은
모래 알갱이

바스러져
사라질 때쯤

파도와 함께
쓸려 나가고

하루 또 견뎌 낸다

괜찮아

생각이 많고
머리가 복잡하면
생각하지 마

벽을 마주 보고
멍을 때려

안 그러면
마음에
멍이 드니까

생각하지 말고
가만히
조용히

생각 없는
오늘도
괜찮아

쉬어 가
오늘은…

고통 속에 핀 열매

시가 아름답기를 바랐지만
아름다움은 고통이었다

고통을 동반하지 않는
아름다움은 존재하지 않았다

아름다운 만큼 고통스러웠으며
고통스러운 만큼 아름다웠다

오늘도 열심히 뛰고
열심히 공부하고
열심히 사는 사람들이
왠지 아름답게 보인다

이별

영원한 건 없단 사실을
사무치게 알고 있음에도
항상 이별에 마음 아파하지
그런 내 마음을 저주하면서도
그런 세상을 저주하다가도
떠난 너를 저주하고 말아

함부로 영원을 약속하지 않는 것도
결국 상처받지 않기 위해서잖아
우리 모두 원하지 않지만
결국 모두 예상하고 있으니까
아무리 잘 가꾸어 주어도
꽃은 결국 시들 거란 사실을

모래성

무너진 모래성 위
여전히 작은 아이 하나

흙둔덩이 하나 쌓아 놓고
성채라 우기던 기개는 어디 갔는지

조심스럽게 조금씩 쌓아 가다가도
남들이 볼까 봐 흐트러트린 모래 알갱이

뭐가 그리 부끄러운지
도망치듯 떠난 뒷모습에

빨라져만 간 발걸음의 방점은
다시금 무너진 모래성

 김주호 시집

모순

모순투성이라는 말들이

모순이다

완전히 모순이라면

오히려 완벽한 진실이 되니까

진실은 대개 반쯤 거짓이고

거짓은 늘 진실을 한 조각쯤 섞어 두지

진실한 거짓은

정직한 모순일까

무너지지 않으려 세운 벽에

먼저 갇힌 건 나였고

지키려던 마음 때문에

의심을 더 키웠던

무겁다고 내려놓았는데
왜 더 무거워졌는지
잊고 싶다고 말한 순간부터
잊을 수 없게 되는지도

말은 늘 뜻을 배반하고
뜻은 말없이 흐른다

8월

매미 울음이 지치고

햇살도 물러나는 한낮

그보다 먼저 지쳐 있었을 너의 마음이

조금은 숨을 돌릴 수 있기를 바라

땀이 이마에서 빗물처럼 흘러내리는 날에도

묵묵히 제자리를 지켜 온 너니까

이제는 믿을 수 없는 기쁨들이

갑작스럽게 소나기처럼 너에게 쏟아졌으면 해

햇볕에 타듯 바스러졌던 일상들이

비를 맞고 다시 살아나는 풀잎처럼

하나씩 다시 피어나기를

마음 한구석에 놓아두었던 바람들이

어느 날 바람결을 타고 현실로 닿기를

 　　　　　김주호 시집

너의 여름이 큰 탈 없이 흘러가고

가끔 어두운 밤하늘 아래서도

작은 별빛 하나처럼 스스로를 밝혀 가기를

폭풍 속 너에게

거센 바람이 몰아친다
거대한 파도가 삼킬 듯 몰려온다
너는 그 안에서
두려운 얼굴로 손을 내밀고 있다

나는 이 바람 속에서도
너를 향해 걸어간다
온몸이 부서져도 상관없다
너만이 나의 길이니까

환상

나는 창문을 열어 환기한다
너의 내음이 빠져나가도록
너가 있던 이불을 정리한다
너의 흔적이 지워지도록
너의 선물을 다시 포장한다
다신 열어 볼 일 없도록

하나둘 치워 갈수록
사랑은 휘발되고
추억은 지워지고
환상은 벗겨져 간다

추억 속 너는 환상이었구나
나의 환상을 너에게 덧붙였구나
나의 환상을 벗겨 낼수록
너는 선명해져 가고
추억은 희미해져 간다
사랑, 그것은 나의 환상이었다

반복

원래 있던

그 자리, 그곳에

되돌려놓을 순 없는 걸까

목마른 낙엽이 진 계절 속에서

숨이 가파르리라

가여픈 마음이라고

함부로 대할 수 없어서

다시 한번 손짓하고,

다시 한번 오르리라

상처 무더기들

신은 나에게

목소리를 주지 않으신 듯

아득해진
나의 정신 속에서

후회가 없다는
덧없는 다짐을

거짓이 없다는
무식한 약속을

나잇값

살면서 깎고 싶은 건
값이 아니라 얼굴뿐이었다

허나 누군가는
값을 치를 줄 모른 채
주름만 늘려 갔다

시간을 견딘 게 아니라
시간에 묻혀
늙어 버린 사람들

입엔 아직
철 지난 유행어가 맴돌고
가슴엔 한 번도
무거운 계절이 내려앉은 적 없다

그들은 오늘도
나잇값을
외상으로 적는다

웃음

나는 오늘도 웃는다
찢어진 입꼬리와 멈춰 버린 눈으로
누구도 내게 관심을 주지 않는다

그래서 나는 웃기로 했다
맞아
웃으면 사람들은 나를 신경 쓰지 않는다
때리지도 않는다
그냥, 무시할 뿐이다
살기 위해서 웃었다
억지로 웃고, 억지로 살아간다

하지만 가끔,
어느 날은,
그 억지웃음이 너무 아프다
나는 오늘도 웃는다

언젠가… 진짜 웃을 수 있을까?

찰나 1

찰칵

사진 셔터를 누른 순간은 찰나였다

그 찰나에 포착된 많은 요소들

그들의 찰나는 사진으로 기억된다

세상 모든 건 찬란하게 빛나지만

그 순간도 결국 찰나이니까

결코 되돌릴 수 없는 순간이니까

새들의 퍼덕임도

강물의 시원함도

아이들의 웃음도

나의 인생도

우리의 사랑도

김주호 시집

그러니까 찰칵
사진이 아름다운 이유는
다신 되돌릴 수 없는 찰나를
담을 수 있기 때문이니까

그러니까 웃자
우리가 찬란한 이유도
다신 되돌릴 수 없는 경험을
겪을 수 있기 때문이니까

찰나 2

뭐든지 새로운 시작은

너무 빨라서 걷잡을 수 없다

차차 알아 가는 초중반은 비교적 느리다가

이 또한 반대의 의미로 걷잡을 수 없이 빨라지기

시작한다

그러나 지나고 보면 이 모든 것은

찰나의 찰나

당신은 이 찰나에

자신의 모든 걸

꾹꾹 눌러 담을 수 있겠는가!

도피

그대는 무언가로부터 도피했던 적이 있나요

누군가의 기대
눈앞에 보이는 것

혹은 엄청 크고 무서운 무언가로부터
그대는 도피해 본 기억이 있나요

때로는 도피가 좋은 쉼터가 되겠지요
그러나 쉼터에 오래 있다 보면

점점 깊은 물속으로
가라앉는다는 것을 그대는 아시나요

물속으로 점점 가라앉다 보면
벗어날 수 없는 심해 속으로 빠져 버리니

그대도 물속에 빠지지 않도록
조심하는 것이 어떨까요

별에게

울적할 때마다 옥상에 오른다
담배 연기는 금방 사그라들고
담배 또한 금방 타들어 간다
내 아픔도 그러면 좋으련만

너가 보이진 않지만 별아,
너도 울적한 나만 보니 슬프겠지
너도 찬란한 사람들을 보고프겠지

너도 찬란한 이들의 소원을, 소망을
들어주고 싶겠지만
나는 너에게 울며 빈 소원밖에 없구나

그런 별에게 미안해
눈을 깜빡여 주어도
별은 대답하지 않고
눈물만 흘려 줄 뿐이었다

김주호 시집

그대 2

세월은 흐르는 강물이로다
머물 틈 없이 가는구나

봄꽃 향기도 바람에 흩어지다
여름의 푸름도 사라지는구나

가을 달빛 서쪽에 기울이다가는
겨울 고요 눈 속에 잠들겠구나

푸르던 나무 이끼를 두르로다
햇살 속 웃음 빛을 거두는구나

그대 이름 이내 가슴에 새기로다
밤마다 불러 그리워하는구나

변하는 세상은 어지럽지만
그리움만은 변치 않으리로다

죽음 연습

추억을 생각하는 일은

쓸쓸했던 사람이 한층 더 쓸쓸해지는 일이다

절대 죽지 말라던 네가 이월에 죽고

남은 이들은 한층 더 모멸적이게 된다

편지를 보고 눈시울이 붉어지자

두 눈을 가진 채도 보지 못하는 것이 있다니

내 사랑은 네 손에 들린 꽃을 바라보는 일이다

먼지의 관찰

저기 폴폴 흩날리는 먼지들은 형식을 갖지 않았으니 그대입니까?

그대 소식 원래도 이리 보내왔으니

그 필력마저 원체 그것인 듯합니다

나 고심할 때 님은 멀리서 앉아 제 행태 관조하시곤 곱게 미소 짓습니다

나는 그대를 볼 수 없지마는 느낄 순 있기에 한층 가까워져 봅니다

고해

모든 후회를 태우고

허공에 풀어놓았다

침묵은 무거운 돌처럼 어깨를 짓누르고

그 위에 죄가 조용히 내려앉았다

말 대신 붉은 피가

차갑게 흐르고

눈물 대신 숨은

점점 잦아들어

가슴속 어둠이 스며들었다

사랑이었다고 믿고 싶었다

하지만 사랑엔 용서가 없었다

나는 가장 낮은 자세로
가장 깊은 어둠 속에서
흩어진 너의 이름을
목이 터져라 부르짖었다

그러나
네 이름은
차가운 공기 속에 흩어져
다시는 돌아오지 않았다

비로소 완성된 고해였다

고독

진실은 조용히 쫓겨났고

거짓은 조명을 받으며 휘파람을 불었다

정의는 입을 다물었고

악의는 웃으면서 손을 흔들었다

그게 바로 이 세상이 타락한 이유였다

모든 게 뒤집힌 세상에서

나는 조용히 나를 접었다

말하지 않기 위해 혼자가 되었고

속지 않기 위해 등을 돌렸다

이 고독은 도피가 아니라

지켜 내기 위한 최후의 공간이었다

그 누구도 침범하지 못하는

나만의 질서, 나만의 온도

그래서 나는
사랑받기보다 이해받기를,
속세보다 침묵을,
함께보다 홀로를 택했다

이 고의적 고독 속에서
비로소 나는
살아 있음을 느낀다

너의 것

너의 말은 꽃잎 같고,
너의 침묵은 칼날 같아
그 사이에서 나는
늘 사랑에 물들고, 또 상처 입는다

잊고 싶을 때일수록
너는 어김없이 기억을 자극하고,
지우려 할수록
더 깊숙이 번지는 잉크처럼 퍼져 간다

나는 너를 미워한다
그러나 그 미움조차
너를 향한 사랑의 다른 이름일 뿐

이토록 아름답게 괴로운 존재여,
너를 품에 안고도
끝내 놓아 버리고 싶은 이 마음을
어디에 두어야 할까

그대 3

그대가 웃을 때 햇빛이 내 마음에 쏟아진다
오래 바라보니,
내 마음도 햇살에 물들었다

내 마음속 작은 씨앗 하나,
긴 겨울 이겨 내고 햇빛을 껴안았다

이름 없는 꽃도 누군가의 봄이 되듯
나 또한 그대 봄이 되고파 바람을 부른다

내 머리칼과 옷깃을 그대가 스쳐 간다
한 번 스쳐 간 바람이, 평생 잊히지 않았다

겨울을 견딘 꽃이 가장 먼저 봄을 부르기에
나 가장 먼저 그대를 부르리라

해상도

일과 일의 사각 진영엔
너와 내 모습이 없기에
하늘이 푸른지도 모르고
한창 말로만 꾸며 낸다

스물의 손가락이 서로를 껴안고
네가 살아 있는지도
내가 살아 있는지도 모른 채
직감으로 느끼는 그런 듯함뿐

알 수 있다

첫 만남의 일과 일
나는 그 일과 일 속에서
몇천의 선명함을 봤기에

공허 1

내 안에는 오래전부터 바다가 있었다
지도에도 그려지지 않은 바다였다

그 바다엔 물이 없었다
그러나 파도는 있었다
텅 빈 모래사장을 때리는 소리,
심장을 긁는 듯한 울림이 있었다

나는 그 파도를 잠재우기 위해
수많은 것들을 던졌다
사랑, 기억, 마지막엔 나 자신까지

늘 그렇듯 마음속 그림자를 보았다

나는 숨도 쉬지 못한 채,

그림자를 따라갔다

그러나 손끝이 닿기 전에 그림자는 아무 소리도 남기지 않고 잠

겨 버렸다

그리고 다시, 물 한 방울 없는 파도가

내 안에서 부서졌다

이 바다는 오늘도

아무것도 채우지 못한 채, 내 모든 것을 가졌고, 소리만으로 나

를 집어삼킨다

공허 2

내가 공허에 발을 디딘 순간,
생각들은 끝없는 계단이 되어
내 발밑에서 이어졌다

계단들을 하나하나 밟고 내려가니
공허가 그 계단으로 채워짐을 느낀다

나의 무수한 사념으로 가득 찬 공허에
그대를 초대한다

비어 있지만 나의 모든 것들로 가득 찬
내 공허에 그대를 초대한다

공허 3

너의 검은 눈동자를 바라봤을 때
우주 같은 깊은 어둠에
빠질 것만 같던 때가 있었지
그걸 바라보는 나도 찬란했을까

어느 날 너는 우주가 아니라
공허라는 사실을 깨달았을 때
나의 우주는 산산조각 났었지
그걸 바라보는 너도 조각났을까

그런데 말이야 사실 너의 눈동자는
그저 한 사람의 눈동자란 사실을
우주가 아니란 사실을
공허도 아니란 사실을 깨달았을 때

그저 내가 공허해서

내 시야가 공허해서

우주를 원했고

스스로 깨졌고

너의 검은 눈동자는 이젠 더 이상

날 바라봐 주지 않지만 이젠

내가 나의 공허를 바라보고

나의 공허가 나를 바라봐 주고 있어

다시 피어날 당신에게

한 번 꺾인 가지에도
봄은 찾아옵니다

눈물이 스며든 땅 위에도
작은 새싹은 고개를 듭니다

당신의 오늘이
아무리 깊은 밤 같아도
새벽은 어김없이 문을 두드릴 것입니다

지금은 그저
숨만 쉬어도 괜찮습니다
울어도 괜찮고,
아무것도 하지 않아도 괜찮습니다

당신이 다시 웃을 수 있는 날까지
이 세상은 조용히 기다릴 테니까요

그리고…
저도, 여기서 기다릴게요

서툰 마음

서러운 마음의 시작과 동시에
분노로 가득 채워진 구름 같은 연기

시간이 흘러 불이 줄어들고
남은 건 우리의 서툰 마음 하나

불은 파란 하늘을 죽이며
불은 파란 하늘을 태어나게 한다

익숙하지만 낯선 공기
고요 속 피어난 서툰 마음
무섭지만 공허함만 남을 뿐이다

먼지 하나 올라오지 않을 이 땅에
서툰 마음의 씨앗에
심장이 뛰는 내가 피어난다

     김주호 시집

텅 빈

비어 있다
원래 비었던 걸까
있다가 사라진 걸까

먼지 한 톨 없이 텅
그저 덩그러니 빈

한 공간
그 속에서

난 고요히 바라본다

사랑

습하고 끈적이는 날씨에
우리의 사랑은
생각보다 빨리
진득하게 녹아 붙었다

뜨거운 날에도
굳이 손을 잡고 걸을 때,
손끝과 이마를 타고 흐르는 땀방울에
우리는 웃었고
땀에 미끄러진 채
더 깊이 서로에게 기댔다

김주호 시집

출근길

푸른 신록이 넘실거리는
푸르디푸른 숲 같은 도시

웅성거리는 사람의 소리
사부작하는 잎들의 소리

바쁘디바쁜 이른 아침에
도시의 한가운데의 숲은

소란으로 가득히 차 있다

빛은 푸른 잎을 비추고 있고
사람은 발을 서둘러 옮기고

잎들은 후덥지근한 바람에
사부작거리며 움직이면서

힘차게 살아 나아가고 있다

두고 온 여름

올여름,

햇빛은 마당의 물웅덩이까지 말려 유리 조각처럼 반짝이며

모든 시간을 태워 버렸다

교정 뒤편,

은행나무 잎은 녹빛의 가장자리가 서서히 노랗게 익어

바람에도 무겁게 흔들렸다

운동장 모래는,

발자국마다 열을 품어

신발 밑창에 눌려 금빛 먼지를

토했고, 하늘은 한 겹 벗겨진 파랑 속에서 매미 울음의 결을 세

밀히 드러냈다

빈 교실,

칠판 위의 분필은 여름 오후의 빛 속에서 너를 기다리고 창틀 너
머로는 늦게 피어난 나리꽃이 붉은 숨을 몰아쉬었다

그사이,

방학은 교정 끝 그림자에 걸려

느리게 퇴색하고 있었고 나는 아직 뜨거운 여름의 잔광을 손끝
에 쥔 채, 멀리서 개학의 발자국 소리 들었다

인생이라는 책

행복해 보이는 가족을 본 적이 있다
아름다운 결말은 무엇보다 차가웠다

친구의 일기장을 본 적이 있다
친근한 색안경을 낀 채로 말이다

오늘, 나의 한 페이지가 끝이 났다
누군가에게 보여 주기에는 한없이 차가웠다

나의 책을 읽을 때
손을 닿을 때마다
종이에 벤 듯 뜨거웠으면 좋겠다

피로 얼룩진 종잇장 하나에
그들의 가슴이 뛰도록 말이다

첫 만남

주룩, 주르륵
첫 만남을 기다리는 마음에 흐르듯
이마 위에 맺힌 땀방울은 태양을 호출하고
햇님의 반짝임은 너의 짜릿한 미소
나는 네 이마에 분홍 꽃잎을 달아 준다

눈부신 너에게
사뭇 어울리지 않을 법한 소소한,
모나미 볼펜으로 서명한 네 존재의 입증
너의 상냥한 미소는 비로소 내 것이 된다
자, 우리 오늘부터 1일이야

너의 심장을 요동시킬 만한 내 열쇠는
우리 첫 약속의 징표야
네 고운 입속에 빨간 혀를
깊숙이 꽂아 넣고, 이제
고요한 너의 혈관을 뜨겁게 불태워 줄게

김주호 시집

부릉—

하얀 살결과 영롱한 검은 머릿결을

너는 거침없이 젖히며 나를 안아 주었어

소리치는 바람은 나를 던져 버리고

사자 같은 너의 목소리는 내 귀를 흔들어 대

동그란 너의 어깨에 손을 올리고

온 힘을 네 발등에 쏟아 낸다

발끝의 깊은 압력—

상승하는 RPM, 등줄기에 반짝이는 별빛,

화살 같은 바람을 달린다

자유로! 자유롭게!

장대비

오늘 내리는 이 장대비가
나쁘지만은 않은 까닭은

쏟아지는 빗소리가
내 마음의 숨결을
가려 주기 때문입니다

화창한 오후 어느 날
그대와 단둘이 걷고 싶지만

작은 용기도, 큰 결심도
아픈 마음에 스며 사라지고

혼자 햇살을 삼키는
내가 문득 미워집니다

그래서 이 장대비는

내겐 적절한 핑계

빗물 속에 숨긴

내 절절한 사랑

흘러도 닿지 못하는

그대는 모르는 여름입니다

괜찮아

민감해도 괜찮아
남이 뭐라 해도 괜찮아
피해도 괜찮아

너는 너야
남이 너가 노력해도 못해서
무시해도 괜찮아
너는 최선을 다했어

자! 너의 마음에게 괜찮다고 해 보자

김주호 시집

희망은

물기 없는
풀잎 위에 매달린
마지막 이슬이었다

입술이 다 닿기도 전에
햇빛이 삼켜 버렸다

그래도,
나는 고개를 숙여
풀잎을 삼켰다

빛 1

어두운 이불 속에 웅크려서
누가 방문을 두드려도 묵묵부답
이불 속은 나의 세상이었다
어둡고, 좁고, 포근한 나의 세상

어느 날 하나의 빛이 찾아와
내게 작은 손을 내밀며
"더 넓은 세상으로 나아가자꾸나."
나는 홀린 듯 그 손을 잡았다

나는 아직도 그 손을 잡은 걸 후회한다
내게 딱 맞는 세계는 이불 속이라는 걸

김주호 시집

작은 빛아, 왜 그랬어

왜 날 이불 속에서 꺼냈어

작은 빛아, 왜 그랬어

왜 내게 이 세상을 보여 줬어

작은 빛아, 왜 그랬어

왜 내게 희망을 심어 줬어

작은 빛아, 왜 그러는 거야

왜 돌아가지 못하게 잡아 두는 거야

희망

희망을 가짜로 치부하기엔

너무나 달콤하다

희망을 먹고 살아가는 인간들은

악마와 다를 바가

무엇인가

희망에 물을 주지 말라,

희망에 쌓이는 건

독일 뿐

김주호 시집

희망에 대하여

빛 한 점 들어오지 않는 방
고요히 빛나는 촛불 하나

사람들은 촛불을 보며
초를 갈아 줄 뿐이다

이전 초의 불이 꺼지면
새 초의 불을 바라보고

초가 짧아지면 다시
초를 옮겨 갈 뿐이다

상처의 꽃

힘든 가시밭길의 인생사
부딪히고 깨어지고
만신창이가 되어도
다시 일어나 가는 인생

그 많은 상처들이
결국은 나를 굳건하게
일으켜 세워 주는
아름다운 삶의 꽃이었다

상처

예쁜 꽃을 보았다
아름다움에 반해 너를 원했다
잡을 때 상처가 나더라도
상처를 입으면서도 가지기를 원했다

허나 너에게 상처가 날 수 있으니
너라는 아름다움을 포기하겠다

빛 2

그대 향한 나의 빛은
나 향한 그대 빛에 묻혀 사라지기에

나는 가로등 같은 불빛이 되어
은은히 그대를 아름답게 비춰 주리라

조용하고 은근한 가로등 불빛 같은 마음,
그대에게 그러한 사람으로 기억되고 싶다

우리의 어두운 내면은 그 알량한 빛을 먹어 버려 사라지고, 주위
에 은근한 사랑은 그 빛을 받아 함께 빛나며, 그 빛을 받는 너는
누구보다 아름답게 빛날 테니

그 광경을 보는 광원은 주면서도 기쁘고 타면서도 즐거우리

 김주호 시집

산들바람

스쳐 지나가는 인연은

너무나 잠시 머물다 가는

기분 좋은 산들바람 같아서

그 살랑거림과 향기는 잊기 힘들어서

그 잔향은 더욱더 내 가슴속에 사무친다

어느 날 내 코끝에 그 향기가 스쳐 지나가도

그 산들바람은 내가 모르는

산과 바다와 다른 산들바람들을 스쳐 지나간

내가 알던 그 산들바람과는 다를 것이기에

잠시 고개를 끄덕이고 나는 너의 산들바람이 되어

기분 좋은 잔향을 남기고파

인연

인연이라는 것은
하늘만이 그걸 알 수 있는 것

삶을 살아가다 보면
참으로 많은 사람들을
스치며 살아가지요

모래알처럼 수많은
사람들을

그들 중 필연도 있고
악연도 있지요

악연을 잘 피해 가야
행복한 삶을 살 수 있다는 것

연인

어떤 날, 우리는 만났다
우리는 행복했다

어느 날, 우리는 헤어졌다
슬픔과 함께

그리고, 인연이 있듯이, 우리는
자석처럼 다시 만났다

물결 위의 이름

푸른 강물 위로 흰 배 떠 가듯
우리 인연도 흘러가네

물결 속에 잠긴 달빛이
어쩐지 그대 눈빛 같아
나는 오래 바라본다

강 저편 갈대밭에 스미는 바람,
그것이 마지막 안부인 양
나를 스쳐 간다

김주호 시집

과거

누구나 한 번쯤은 되돌아봤을 터인데
난 그저 앞만 보고 달려왔네
사는 게 버거워서
사는 게 지옥 같아서
지금 현실을 벗어나고파

그저 나 자신조차 되돌아볼 틈 없이
그거 앞만 보고 달려왔네

아이들이 커 가는 모습도
부모님이 늙어 가는 것도
강산이 때때로 변하는 것조차
되돌아볼 틈 없이
그저 앞만 보고 달려왔네

그땐 미처 알지 못했네
지금 이 순간이
과거이자 현재이며
미래였던 것을

그저 빛바랜 사진 한 장…
나의 과거를 잊지 않게 해 주네

작품

예술가로 태어나 무엇 하나 남기지 못하고
나의 애처로운 영혼만을 남기네

누구도 알지 못할 작품은
심지어는 나조차도 알 수 없을지 몰라

어쩌면 그조차도 내가 만든 작품이 아닐지도 몰라